我也会发明

苏州版 第三辑

I AM ALSO AN INVENTOR

策　划　诸敏刚
撰　文　李丹芷

知识产权出版社
全国百佳图书出版单位
北京

图书在版编目（CIP）数据

我也会发明：苏州版 . 第三辑 / 诸敏刚策划；李丹芷撰文 . — 北京：知识产权出版社，2020.6
ISBN 978-7-5130-6953-3

Ⅰ . ①我… Ⅱ . ①诸… ②李… Ⅲ . ①故事—作品集—中国—当代 Ⅳ . ① I247.81

中国版本图书馆 CIP 数据核字（2020）第 089645 号

责任编辑：孙　昕	责任校对：王　岩
装帧设计：智兴设计室·索晓青	责任印制：卢运霞

我也会发明 第三辑（苏州版）

策　　划　诸敏刚
撰　　文　李丹芷
绘　　画　智兴设计室·索晓青
封面插画　宁晓宏

出版发行：知识产权出版社 有限责任公司	网　　址：http://www.ipph.cn
社　　址：北京市海淀区气象路 50 号院	邮　　编：100081
责编电话：010-82000860 转 8111	责编邮箱：sunxinmlxq@126.com
发行电话：010-82000860 转 8101/8102	发行传真：010-82000893/82005070/82000270
印　　刷：三河市国英印务有限公司	经　　销：各大网上书店、新华书店及相关专业书店
开　　本：890mm×1240mm　1/24	印　　张：5
版　　次：2020 年 6 月第 1 版	印　　次：2020 年 6 月第 1 次印刷
字　　数：60 千字	定　　价：49.00 元

ISBN 978-7-5130-6953-3

出版权专有　侵权必究
如有印装质量问题，本社负责调换。

编委会

主　　　任	申长雨
副 主 任	甘绍宁
执 行 主 任	胡文辉　施卫兵　诸敏刚
执行副主任	李　程　徐　洁　於亚萍　朱春霞
编　　　委	周　志　董　寅　陈　晨　方小华
	徐海燕　王润贵　陈　琦　陶　波

留住孩子的想象力，就留住了国家和民族的未来（代序）

诸敏刚

党的十九大报告中指出，加快建设创新型国家，要倡导创新文化，培育和践行社会主义核心价值观，"要以培养担当民族复兴大任的时代新人为着眼点，强化教育引导、实践养成、制度保障，发挥社会主义核心价值观对国民教育、精神文明创建、精神文化产品创作生产传播的引领作用，把社会主义核心价值观融入社会发展各方面，转化为人们的情感认同和行为习惯。坚持全民行动、干部带头，从家庭做起，从娃娃抓起。"只有扎实做好青少年创新创造能力的培养，才能提供充沛的创新人才储备，满足创新驱动发展战略的迫切需求。

唯改革者进，唯创新者强，唯改革创新者胜。在此背景下，知识产权出版社首创并出版"我也会发明"系列小说恰逢其时。小说以"遇到问题—受到启发—解决问题"为基本框架，集科学性、知识性、趣味性、可读性于一身，寓教于乐，通过100个讲述发明创造的精彩故事，启发青少年的发明创造思维，培养青少年的创新意识，提升青少年的科学素养和科技创新水平。

除纸质图书外，知识产权出版社还着手打造动漫产品，以更好地满足青少年的多层次需求。项目组邀请到国际著名"童话大王"郑渊洁先生为《我也会发明（第一辑）》写序，他欣然接受。他在序言中阐明了想象力对国家和民族未来产生的深远影响，指出了孩子们天生拥有想象力，激发了家长对孩子们创新创造力及财商培养的意识，并发出"留住孩子的想象力，就留住了国家和民族的未来"的强烈呼吁。我们深信，"我也会发明"系列小说、动漫项目必将有效促进青少年创新意识、创造能力的有效挖掘和提升，增强青少年的科技素养和科技创新水平，从而为培育和储备未来创新型人才、建设创新型国家作出贡献。

青少年创新、创造力的培养，是实现"中国梦"的重要途径。中国梦是历史的、现实的，也是未来的；是我们这一代的，更是青年一代的。只有一代代青年接力奋斗，中华民族伟大复兴的中国梦才能变为现实。青年最有朝气、最有活力、最有创造精神，是中国特色社会主义新时代勇立潮头的弄潮儿。为青年搭建实践创新的舞台，为青年提供开启智慧大门的钥匙，为青年打造启发创新创造思维的作品，有助于让他们在学习生活中积极思考、善于开拓、勇于创新，有助于他们在实现中国梦的同时放飞青春梦想，有助于让他们站在巨人的肩膀上书写新的篇章。

青少年创新、创造力的培养，是加快知识产权强国建设的新形势需求。为真正实现创造力培养"从娃娃抓起"，近几年来，国家知识产权局高度重视青少年创新意识、创造能力的培养。《国家知识产权战略纲要》和《深入实施国家知识产权战略行动计划（2014—2020年）》的颁布实施，为青少年创新意识、创造能力的培养提供了政策指引和行动指南。与此同时，科技部、教育部和中国科协等单位也一直在采取积极措施提高青少年的创造能力。培养青少年创新创造意识，对促进国家创业创新蓬勃开展，对集聚发展新动能、提高国家创新力、打造未来竞争新优势，凝聚更多知识产权强国建设强大合力，具有重要意义。

青少年创新、创造能力的培养，是推动大众创业万众创新的人才支撑。青年一代有理想、有本领、有担当，国家就有前途，民族就有希望。青少年是我国社会主义现代化建设的接班人，他们蕴藏着无限的创造力。只有大力开发和提高青少年的创造能力，才能为我国科技创新和经济转型升级储备人才，才能进一步驱动我国经济社会向前发展，才能发动大众创业万众创新的强大引擎，从而实现中华民族的伟大复兴。

苏州市注重青少年知识产权教育和创新、创造力的培养，苏州市市场监督管理局（知识产权局）、市教育局联合苏州市中小学开展了"我也会发明"进校园活动，通过形式多样的科技实践活动，为学生搭建一个展示才华、展现创新能力的舞台，也为本册图书提供了素材。少年智，则国智；少年强，则国强。青少年创新、创造力的培养功在当代、利在千秋。作为知识产权出版领域从业者，我们更当在十九大精神的鼓舞下，把力量凝聚到创新驱动发展上来，不断推陈出新、努力打造精品，积极致力于青少年创新、创造力培养，为全面建成创新型国家、实现中华民族伟大复兴的中国梦作出贡献！

（作者系知识产权出版社有限责任公司党委书记、董事长、总经理）

1 弹力石榴籽剥离机 …………………………… 01

2 站得稳的杯子 …………………………… 15

3 雨伞的家 …………………………… 27

4 莲蓬采摘器 …………………………… 39

5　美味笼屉 …………………………… 51

6　变形小餐桌 ………………………… 65

7　躲在小土丘后面的密码 …………… 79

8　书桌上的小"猫眼" ………………… 91

目　录

1 弹力石榴籽剥离机

昆山市千灯中心小学校
发明学生：陶俊喆
指导教师：陈霞明 金敏

我也会发明

几场秋雨过后,天气渐渐转凉。秋姑娘迈着轻盈的步伐,穿梭在城市里,山村里,田野里,山丘里,她拿着秋的画笔,为风景点缀着美丽的颜色:天空更明亮了,庄稼更饱满了,湖水更碧蓝了,山色更绚丽了。

清晨,空气中夹杂着泥土的芳香,一阵秋风吹过,让人不禁打上几个寒战。

"真是一场秋雨一场寒呀!"爸爸说道。

"爸爸,过几天天气还能再暖和过来吗?"权权抱紧了自己的臂膀问道。

"应该不会了,都已经9月份了,以后只能越来越冷啦!"

"啊?秋天一点也不好!这么冷……"权权背着沉甸甸的书包,噘着嘴说道。

爸爸看着权权的神情,笑着点了点头,仿佛知道权权的小心思了,他拍了拍权权的小脑瓜说道:"我看啊,你就是不想开学!"

权权的小心思被爸爸发现了,还在嘴硬:"才没有呢……我就是不喜欢秋天!"

爸爸笑着说道:"秋天可是收获的季节,很多好吃的水果都在秋季成熟,你有好多美味的水果可以吃

弹力石榴籽剥离机

呢，还说秋天不好？！"

"那……都有什么好吃的水果呀？"权权问道。

"有苹果、梨、葡萄、柚子、山楂……哦对了，还有石榴！"

"石榴？石榴是什么味道的？"权权问道。

"酸甜可口……鲜美多汁……"爸爸绞尽脑汁想着用什么词来形容石榴的味道，"哟！我的口水已经流出来了！"

"我也想吃！"权权说道。

"你这个小馋猫，没吃过石榴吗？"

"当然没吃过了，不然怎么会连石榴的味道都不知道啊！"权权委屈地嘟囔着，"不会吧，爸爸连我吃没吃过石榴都不知道！"

"呵呵……忘了忘了，"爸爸难为情地笑着说，"今天放学回家就买给你吃！快去上学吧！"

我也会发明

课上,老师在黑板上写下了"弹力"二字,向同学们问道:"同学们,谁能告诉我,在你的生活中,你所理解的弹力是什么呢?"

全班同学陷入了思考。

"橡皮筋儿可以拉伸,有弹力。"彤彤抢先答道,因为她想起了扎头发的橡皮筋儿。

"非常好!还有吗?"老师鼓励道。

"气球可以吹起来,有弹力。"嘉美想起了她上周末和朋友们一起吹气球。

"嗯,很棒!"老师满意地点了点头。

"还有蹦蹦床!"权权的脑海中回忆起他去游乐园玩儿蹦蹦床的经历。

"大家越说越好了,还有没有同学发言?"

"弹力?"大白一边思考,一边不停地按着他手中的圆珠笔发出"嗒嗒"的声音。大白和他的同桌铮铮同时盯着这支圆珠笔看,"哎呀!"大白恍然大悟。"圆珠笔!"谁知,铮铮竟抢先说了出来。大白懊恼地把圆珠笔丢在了文具盒里。

这一幕，让老师看到了，老师笑道："大白，借老师用一下你的圆珠笔。"大白噘着嘴，慢吞吞地把圆珠笔拿出来，递给了老师，仿佛在说："老师，这个主意是我先想出来的。"老师好像明白了，笑着对大白点了点头，然后把目光转向同学们，问道："大家知道圆珠笔的笔尖为什么一按就能弹出来吗？"

老师将圆珠笔拆开，取出了一个小弹簧，说道："都是因为这个——弹簧，蹦蹦床能把人弹得很高，也是因为蹦蹦床里有好多像这样的大弹簧。"同学们的目光炯炯有神，大家都集中注意力，想把"弹力"的问题探个究竟。

老师拿出了一个大弹簧和一根橡皮筋儿。

"如果我们用力按一按弹簧，用力拉一拉橡皮筋儿，我们就不难发现，弹簧和橡皮筋儿都会发生形状的变化，同时也产生了弹力；如果把手松开，它们又恢复了原来的形状。物体发生形变时产生的使物体恢复原状的力，就叫做弹力……"

课上，大家一会儿做实验，一会儿交流，生动的一节课很快就过去了。"丁零零……"放学的铃声响了起来，权权迫不及待地跑出了教室。"权权别跑，注意安全！"老师嘱咐道。

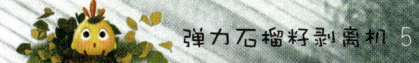

我也会发明

权权想着,他马上就能吃到美味的石榴了!可是老师的话也得听,于是,他改跑为快走,速度也不慢呢!

"权权,你怎么又是第一个跑出来的?告诉你多少次要注意安全,不要跑!"妈妈责备道,"老远就能看见你往外跑的身影了!"

"没跑,是走,是走!"权权解释道。

"走那么快干吗?"

"爸爸说,今天给我买石榴吃!"权权开心地说道,口水似乎都要流出来了。

"你这个小馋猫!"妈妈无奈地摇摇头。

权权一到家,就看到三个石榴已经摆在了餐桌上。石榴的形状像红色的"地雷",外皮斑斑驳驳的,不太讨喜,权权不禁嘟囔道:"这就是传说中的石榴啊!"

"嗯,快尝尝吧!"爸爸一边说着,一边把石榴掰开,一颗颗晶莹剔透的"红玛瑙"露了出来。"啊!"权权张大了嘴,瞪

弹力石榴籽剥离机

大的眼睛中闪烁起小吃货的光芒。

"这怎么吃啊?"权权张嘴就想啃一口。

"哎呀!不是这样吃的,需要一粒一粒把籽剥下来,然后才能吃,我来剥吧!"妈妈把石榴籽一粒一粒地剥下来,放在小碗里。

"好好吃啊!真是酸酸甜甜的!"权权第一次吃石榴,满意指数很高。他吃完一个石榴还想再吃一个。"不行啦,妈妈手酸了,剥不动了,你自己剥吧。"

权权用手指一粒一粒地抠石榴籽,抠了几粒就不耐烦了,"哎呀,好麻烦呀!"

"想吃美味,还嫌麻烦?"爸爸调侃道。

"要不,我们的小发明家想想办法,怎样才能让石榴籽乖乖地自己跑进碗里?"妈妈俏皮地说道。

"为了美食,我一定能想出办法的!"权权坚定地说道。

我也会发明

周末,权权、大白、铮铮等又相约足球场,准备"大战"一场啦!

比赛紧张地进行,权权和铮铮在激烈地抢球,紧要关头,铮铮使足了劲儿,想要射门,此时守门员大白紧张地踩着小碎步,生怕守不住球门。"嘿!"铮铮用力一踢,球在空中画了一个大大的弧线,奔球门而去,没想到球竟然越过球门,向球门后飞去……"哎呀!"铮铮懊恼地叹气。大白终于松了一口气。

"哎哟!"不远处传来一个声音,这球不偏不倚正好落在了彤彤的后脑勺上。"这是谁踢的?"嘉美气冲冲地为彤彤打抱不平。权权、大白、铮铮都停止了踢球,闻声赶来。铮铮连声道歉:"对不起啊,彤彤,你没事吧?我……不是故意的!"

"哦,没事的。"彤彤说道。

"你俩在这站着干吗呢?"大白问道。

"本来是我们三个跳皮筋儿,但杉杉被妈妈叫走了,我们两个还想继续玩儿……"嘉美回答。

"我有个办法,"权权说道,"两个人跳皮筋儿也不是不可以啊!"

"两个人怎么跳?"大家一脸疑惑地看着权权。

"看！"权权指向了旁边的一棵小树，"可以让小树帮你们撑皮筋儿啊！"

"哎，是个好办法！"彤彤把皮筋儿的打结处解开，然后轻松地把皮筋儿绑在了树上。

"谢谢权权的好办法！我们又可以跳皮筋儿啦！"嘉美欣喜地说道。

夕阳西下，橘色满天。在晚霞的映衬下，小朋友们脸上的汗珠像一颗颗美丽的钻石。"彤彤，该回家吃饭了！"彤彤的妈妈来接她了。"来啦！"彤彤把撑着皮筋儿的腿一收，"啪！"皮筋儿重重地弹到树上，这时，随着一阵强劲的秋风，树上原本已经摇摇欲坠的叶子"哗啦啦"地抖落一地。权权看着这一幕，好像想到了什么，对着小树发呆。

"权权，回家吃饭啦！"妈妈也来接权权回家了，"发什么呆呢？"

"皮筋儿把树叶都弹掉了！"权权若有所思地说道。铮铮质疑："皮筋有这么大力量？是风吹的吧？"权权坚持说："我明明看见了，就是皮筋儿弹掉的！"铮铮开玩笑地说道："皮筋儿肯定是趁小树不注意，把树叶弹掉的！"

"趁小树不注意？哈哈，铮铮，你真想得出来！"权权笑道。

我也会发明

晚饭后,权权继续用手指剥着石榴。"哎呀,实在太麻烦啦!"说着,他用石榴在桌子上敲了起来,发出"丁丁当当"的声音。

"权权,干吗呢?太吵了!"妈妈问。

"石榴不听话,我在打它!"权权答。

权权生气地看着石榴,突然发现在"打"它的过程中,几粒石榴籽掉了下来。

权权兴奋地对妈妈说:"我可以趁石榴不注意的时候,使劲打它!"

妈妈、爸爸一脸茫然,不知权权在说什么。

"妈妈、爸爸,我突然想到了一个剥石榴籽的好办法!"

"快说说,是什么好办法?"

权权跑回房间,拿出纸笔先画了一个图。

想到啦!

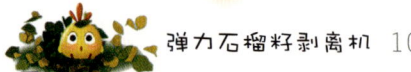

弹力石榴籽剥离机

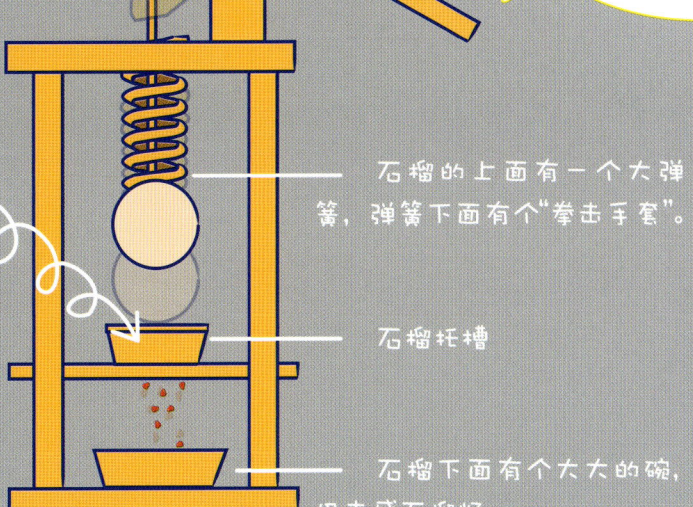

我也会发明

"这个想法太好啦!你是怎么想到的呀?"妈妈问道。

"这就是弹力的原理……"权权骄傲地挺直了腰板。

这就是知识的力量!权权,咱们这就去做一个试试!

"我都迫不及待地想让这个弹力石榴籽剥离机快点问世啦,这样剥石榴籽就不用发愁了!"妈妈说道。

"太好啦,我们一起去做吧!"权权说,"其实啊,这还是铮铮提醒我的,他说趁小树不注意,皮筋儿把树叶弹了下来……"

结束

The end

看完《弹力石榴籽剥离机》，你想到了什么？（写一写，画一画）

2 站得稳的杯子

昆山市千灯中心小学校
发明学生：李文煊
指导教师：陈霞明 金敏

周末,窗外阴沉沉、灰蒙蒙的,不时有阵阵疾风刮来,卷着落叶急匆匆地到处乱跑,飒飒作响。权权眼巴巴地望着窗外,看见大树好像也苦恼地摇着头,知道今天的所有外出安排都泡汤了。

冷风从窗户的缝隙中挤进来,好像在故意捉弄权权似的,从他脖子后面钻进衣服里。"好冷呀!"权权把睡衣裹得更紧了,"妈妈,我的鼻尖都是凉的!"权权把鼻子贴在妈妈手上。

"还真是!我也感觉有点冷了,"妈妈走向厨房,"给你冲杯热豆浆吧,暖和暖和。"

权权坐在餐桌旁,一边玩儿变形金刚一边喝着豆浆。

"嗖——哐!"权权手中的"擎天柱"冲向"大黄蜂",把"大黄蜂"撞倒了。

"当心把豆浆弄洒了!"妈妈一边责备,一边把盛着豆浆的杯子挪远了一点。可是权权好像没有听见,还在专心地摆弄着变形金刚。

"看我大招!"权权一边喊着,一边拿着"擎天柱"冲向了"敌人阵营",只听"哗"的一声,那杯豆浆被权权撞倒了,热腾腾的豆浆洒了一桌子。权权赶紧拿抹布擦,"哎哟!"一着急,他还把手烫了。

"我刚刚说什么来着?叫你不要玩儿了,非不听,烫到了吗?我来擦桌子吧。"妈妈拿过来抹布。

"我轻轻一碰,杯子就倒了……"权权狡辩道。

"这还怪杯子了?"妈妈反问道。

"当然了,谁让它站不稳的!"

"真能狡辩!"妈妈用手指点了点权权的头。

"我要发明一个能站稳的杯子,怎么碰也碰不倒!"

"好啊,要能发明出来,我就不批评你了!"妈妈顿时消了气。

晚上,爸爸因为加班回家晚了。

"哎哟!这几天都加班,真是腰酸背痛啊!"爸爸冲着妈妈连连叫苦,"咱家的气罐还在吧?给我后背拔几个罐吧。"

"是啊,这几天天气也不太好,给你拔几个罐,放松下吧!"

"拔罐?"权权非常感兴趣,"这个可以治腰酸背痛吗?"

"当然可以了,"妈妈拿出了家里的气罐,"把罐扣在后背上,然后用这个气枪把罐里的空气抽出来,形成负压,皮肤就被吸住了。这样就可以通过形成局部淤血,达到舒经活络、活血、止痛等作用。"妈妈一边解释,一边给爸爸拔罐。

"哎哟,哎哟,好痛!"爸爸咧着嘴叫道。

看着妈妈手里的气枪和爸爸狼狈的样子,权权乐开了花,"噌"地一下跳上了床:"让我试试,让我试试!"权权撸起袖子,骑在了爸爸后背上。

"轻点啊!"爸爸叫道。

站得稳的杯子

"看我的吧！"权权两只手一起握住气枪，"嗖嗖嗖"抽着气罐里的气，只见爸爸后背的皮肤一点点鼓起来了，"好神奇啊！"

"好啦好啦！不要再拔啦！"爸爸求饶。

权权还不过瘾，在爸爸后背上拔满了气罐，爸爸只能一动不动地趴在床上。

"好啦！大功告成！"权权拍拍手掌，"什么时候把它们取下来呀？"

"15分钟就好了。"妈妈说道。

15分钟后，爸爸后背上的气罐内侧已经出现了小水珠。"可以取下来了！"妈妈说。权权揪着气罐使劲向上拔，用了很大力气也拔不下来。

"哎，这样是弄不下来的，"妈妈说道，"应该这样！"妈妈轻轻地将气罐上面的一个小活塞提起来，只听"噌"的一声，气罐充了气就松开了。"我也要试试！"权权按照妈妈的做法，"噌噌噌"把所有的气罐都充了气，并轻松地取下来了。

权权看着爸爸的后背全都是紫色隆起的小圆圈，疑惑地问："为什么气罐这么厉害啊？"

我也会发明

"啊!轻松多了!"爸爸抻了抻腰,拿起一个气罐,指着顶端的活塞说道,"看见这个了吗?气罐就是利用抽气活塞的运动把罐体内的空气吸出,使罐内形成负压……""这样气罐就能牢牢地吸在后背上啦!"权权接着说。

"对啊!因为抽走了密闭空间里面的空气,这样,密闭空间里面的气压就低于外界的气压了,于是,内外压力差就产生了。外面的大气压就会把我后背的皮肤和气罐牢牢地挤压在一起。"爸爸解释道。

"那为什么拔下活塞,气罐就松开了呢?"

"因为拔下活塞后,外面的空气就进来了,密闭空间和外面的大气联通了,气罐内外的气压相同,压力差消失,气罐自然就松开了。"

"啊,好神奇啊!"权权感叹着,陷入了沉思,"压差可以使气罐牢牢地抓住皮肤,真厉害!"

第二天早上,权权一进教室就看见彤彤从书包里拿出好几个毛绒玩具。"彤彤,你怎么有这么多小熊啊?"权权问道。

"这都是在抓娃娃机里抓到的,妈妈让我送给大家。喏,送给你一个吧!"彤彤递给权权一个小熊。

"谢谢彤彤!你抓了这么多小熊,真厉害!"权权对彤彤投以羡慕的目光。

"我可没这本事,这都是我爸爸抓的,"彤彤自豪地说,"我爸爸抓娃娃可厉害了,每次都能抓一大堆!"

我也会发明

权权拿着小熊,看见小熊头顶上面有个圆圆的塑料小吸盘,他就顺手将小熊贴在了书桌的边上。

"哎呀,把小熊贴在书桌上不会被老师批评吧?"权权想把小熊取下来,可是吸盘紧紧地贴在书桌上,怎么也取不下来。这时他突然想起爸爸说的"压力差"作用,"对呀,只要让吸盘外面的空气进来,使内外的空气联通,压力差消失了,吸盘就能取下来了。"于是权权从吸盘侧面抠开一个缝隙,吸盘瞬间就松开了。

"丁零零……"上课的铃声响了起来,老师走进教室,恰好看到权权手里拿着小熊。

"权权,你在玩儿什么呢?"老师问道。"我在研究……研究……大气压!"权权灵机一动,说道。

"大气压?这么博学啦?快给大家讲一讲吧!"老师鼓励地说道。

权权怯生生地说:"当把吸盘吸在书桌上时,吸盘里的空气被挤了出来,吸盘内部和外部的气压不一样,吸盘就会因为压力差紧贴在桌子上……我从吸盘的边上抠开一个小口,外面的空气进来了,吸盘内外气压又一样了,吸盘就松开了……"说到这,权权突然想到了什么,"哎呀!我知道了!"

"嗯,还不错,说得有模有样的,"老师满意地点头,"先好好听课吧,下课再研究。"

受到了塑料吸盘的启发,权权的小脑瓜转个不停。放学一回家,权权就钻进了他的小屋开始画图,他画了一个杯子,在杯子下面画了一个大大的吸盘……

"妈妈,我想到让杯子站稳的办法啦!"权权挥舞着手中的图纸兴奋地喊道。

"怎么回事啊?"妈妈闻声而来。

权权的想法

水杯固定安全底座

这个吸盘就能帮助杯子牢牢地抓住桌面！

— 保护壳
— 进气孔

这里有个密封塞。

吸盘 — — 密封塞

吸盘底部中间有一个小孔，当杯子放在桌面上时，小孔被堵住了，吸盘就牢牢地吸在桌子上。

当杯子被竖着拿起来时，小孔就张开了，空气进来，底座就能拿起来了！

"这么说,只有竖直向上才能拿起杯子啦?"

"对呀!"权权得意地回答。

"太厉害了!这个想法真棒!"妈妈鼓励道。

赶紧去找爸爸试一试吧!说不准又能申请一个专利呢!

结束

The end

看完《站得稳的杯子》,你想到了什么?
(写一写,画一画)

我也会发明

3
雨伞的家

昆山市千灯中心小学校
发明学生：唐思祺
指导教师：陈霞明 金敏

素材提供

我也会发明

清明时节雨纷纷。窗外的小雨淅淅沥沥地下了几天,远处雾气缭绕,朦朦胧胧。清晨,权权从窗户向外张望,路上的行人急匆匆地赶路,人们手中撑着的五颜六色的伞像雨中一朵朵盛开的花。

"权权,该上学啦!"妈妈喊道,"大白已经在等你啦!"

"马上!"权权穿上小雨靴,撑起雨伞和大白一起上学去了。

淅沥沥的小雨不停地下,雨滴调皮地跳进小水洼里,溅起了一朵朵小巧的水花……雨如万条银丝从天上斜着飘下来,把镜子般平静明亮的湖面打碎了,湖中的小鱼也不知躲在哪里看雨景。一排排水滴沿着小店铺的屋檐落下,像晶莹剔透的美丽珠帘。

权权和大白穿着小雨靴一路开心地踩着水来到了学校。班级门外的走廊上已经撑满了"花枝招展"的雨伞,将走廊挤得窄窄的,权权和大白小心翼翼地穿过这个雨伞的"花丛",生怕不小心把谁的雨伞踢坏了。权权往班级里一瞧,只见班级里的雨伞也是七零八落地摆着,有的挂在窗户的把手上,有的撑在课桌旁,有的放在讲台边……

雨伞的家 28

"丁零零……"上课的预备铃响了。这时铮铮急匆匆地跑过来，心里舒了一口气："预备铃刚响，总算没迟到。嘿嘿，我可真幸运！"他身姿矫健，迅速穿过雨伞"花丛"，"我可是练过的，几把雨伞怎么能影响我的速度呢？！嘿嘿！"铮铮刚跑到教室门口，谁知脚下一滑，"咚"的一声，铮铮一屁股坐在了地上。"哎哟……哎哟……"铮铮痛得咧着嘴揉着屁股，"看来我高兴得太早了！"他小声嘟囔着。

"雨天路滑，也不慢点！"金老师心疼地责备道。

"老师，要不是我速度快，就迟到了！"铮铮揉着屁股说道。

"没摔坏吧？"金老师关切地问，然后自言自语道，"也是，雨伞都撑开放在门外，地面都湿了，确实滑啊！"

"没事没事……谢谢老师！"铮铮一瘸一拐地走到了座位。

我也会发明

"下课后大家把走廊里的雨伞收一下,值日生把走廊的地拖一下。"金老师吩咐道,"今天谁是值日生?"

权权和彤彤举起了手。

"哦,你们两个辛苦了!注意不要摔倒哦。"

下课后,大家纷纷把雨伞收走,走廊又宽敞啦!权权一边拖地,一边皱着眉头想:每到雨天,大家的雨伞都没处放,要是收在书包里呢,书包就湿了;要是撑开放在外面的走廊上,地面就会湿滑,也不方便大家课间活动;要是挂在教室里,更会显得班级杂乱……我一定要想一个办法,给雨伞们找一个家。

权权逛遍了超市的雨伞架,发现超市的雨伞架只能放几把伞,而且很占空间,权权皱着眉摇了摇头。

端午节到了。早晨六点,太阳公公就把权权从被窝里赶了出来。

"权权,难得你今天这么早起床,我们一起去集市吧!"妈妈说道。

"妈妈,昨天我就跟铮铮、大白和彤彤约好一起去集市玩儿!听说今天集市可热闹呢!有香荷包、艾蒿、五彩绳……还有很多好吃的!"

"今天集市的人肯定很多,还是我陪你们一起去看看吧!"妈妈说道。

空气清新,天空蓝蓝的,青草、小树都是翠绿的颜色。此时的集市已是熙熙攘攘。从街北到街南的小店外都摆满了琳琅满目的商品,和夏天的景色一样欣欣向荣。

"小朋友们,买一个香荷包吧!"店家吆喝着,"我们家的香荷包可香了!来,闻一下!"彤彤接过香荷包,把鼻子贴在上面使劲闻了闻,一股草药的清香沁人心脾,"好香啊!这里面装的是什么呀?"

我也会发明

"这里面是白芷、川芎等中药,还添加了艾叶、熏草,有驱虫的作用呢,买一个吧!看,这里还有别的样式!"

权权一看,所有的香荷包都一排排整齐地挂在一个网格形状的铁丝网上,在阳光的映射下,荷包上的亮片闪烁着耀眼的光芒。

"彤彤,你想要什么样的荷包?"妈妈问道。

"我想要这个心形的荷包!"

"铮铮和大白呢?你们也都选一个吧!"

权权一直盯着铁丝网发呆。

"看中哪个了?"妈妈推了推权权的胳膊。

"这个铁丝网不错!"权权不知想什么入了迷,惹得店家哈哈大笑:"让你看香荷包,怎么还看起铁丝网货架了,这个我家可不卖哦!"

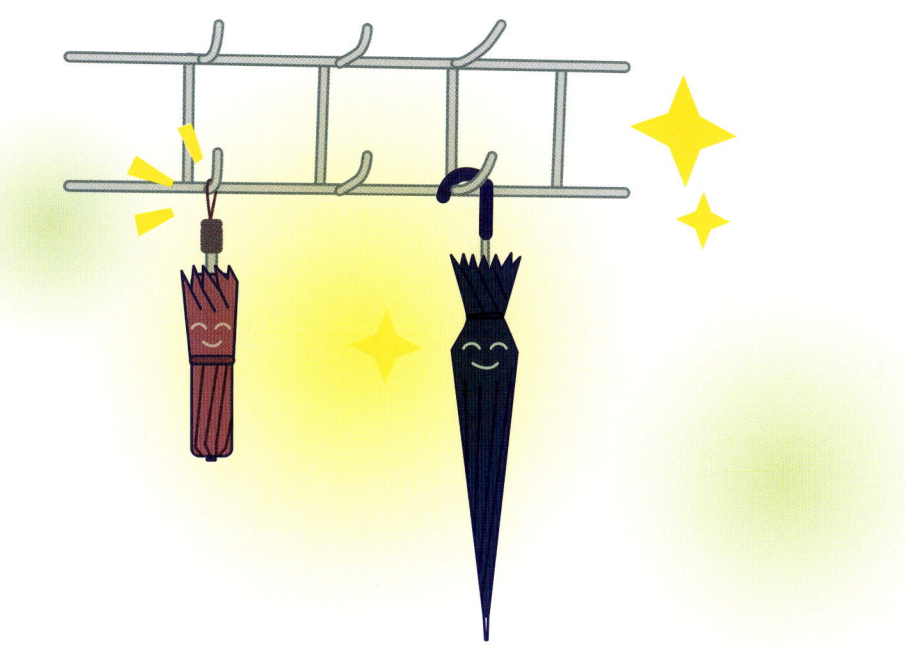

"哈哈,我们家权权一定又想到什么新点子了!"妈妈笑道。

回到家,权权就开始画图,"妈妈你看!是不是可以把班级的雨伞伞把挂在铁丝网上,下面有个接水的槽,这样班级里的雨伞就不会乱摆放了。"

妈妈看了看笑着说:"哦,原来你是受了铁丝网货架的启发啊!好是好,可有的雨伞伞把是圆圆的,没有弯柄,怎么挂上去呢?"

"哦……那我把它设计成带挂钩的……圆圆的伞把上面都有一个小挂带,这样就能挂上去了!"权权马上给出了解决办法。

"这可不行……万一你们下课玩耍,谁不小心撞上去,那可非常危险啊!"妈妈担心地说。

权权又陷入了沉思。

"权权,还记得你以前发明的筷子整理机吗?"妈妈提示道。

"记得啊!"

"筷子是一头大一头小,根据重力作用,筷子整理机能通过缝隙把筷子从中间卡住,并使之竖立。"

"对啊,雨伞也是一样的!我可以把挂钩这里做成一个小孔,无论是弯弯的伞把还是圆圆的伞把,都能被卡住了!"权权开心地跳了起来,"妈妈,您太厉害了,这都能想到!"

"近朱者赤嘛!你和爸爸天天搞发明,我也不能落后啊!"妈妈笑着说道。

第二天,权权来到金老师的办公室,把他的想法对金老师说了出来。金老师看到权权画的图眼前一亮:"权权,你的想法太好啦!这样,班级的雨伞不但能整整齐齐地摆放,而且地面也不会湿滑了!不过,这个发明还不够完美……权权,你再思考一下,晴天,雨伞架该怎么摆放?这样大的雨伞架可有些占空间哦!"

"嗯,也是!"

金老师和权权陷入了思考。当他们的目光不约而同地看向办公室的折叠床时,异口同声地说道:"有办法了!"

"对!咱们就做个折叠架!"金老师兴奋极了,"晴天的时候,把架子收起来,雨天的时候再打开!"

经过反复试验,可折叠班级雨伞架终于制作完成啦!

权权的想法

可折叠班级雨伞架

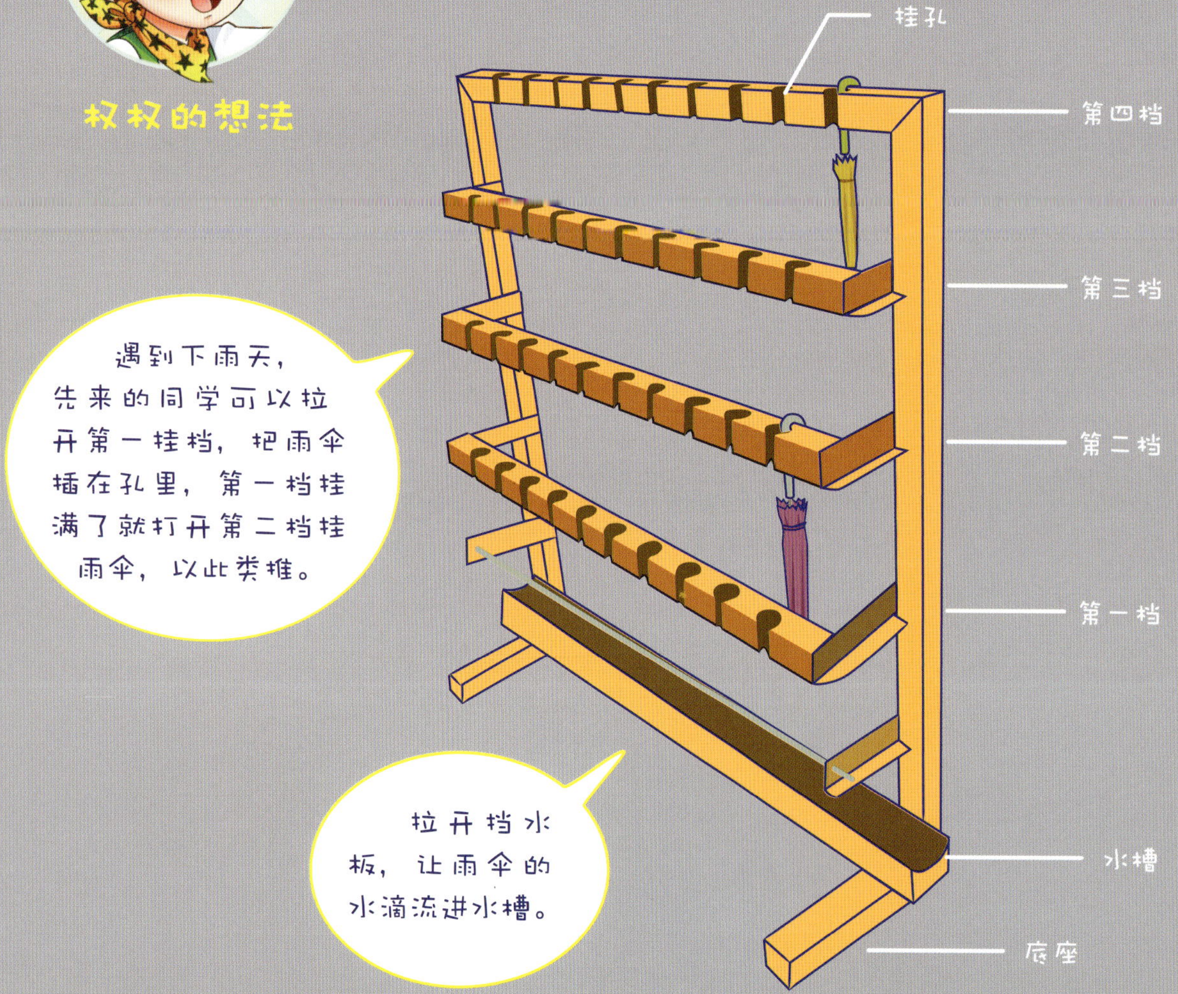

- 挂孔
- 第四档
- 第三档
- 第二档
- 第一档
- 水槽
- 底座

遇到下雨天,先来的同学可以拉开第一挂档,把雨伞插在孔里,第一档挂满了就打开第二档挂雨伞,以此类推。

拉开挡水板,让雨伞的水滴流进水槽。

"权权，我们申请一个专利吧！"金老师说道，"先去专利检索的网站查查，看看有没有类似的专利！"

经过反复检索，果然没有类似专利。在金老师的帮助下，权权又申请了一项专利。同学们给这个可折叠班级雨伞架起了个名字：雨伞的家。

窗外又下起了小雨，同学们的雨伞整齐地挂在雨伞的家里。下午，天气放晴。小雨帮小树洗了个澡，树叶竟变得如翡翠一般，晶莹透亮，仿佛叶子上的水珠也闪耀着智慧的光芒。

结束

The end

看完《雨伞的家》，你想到了什么？
（写一写，画一画）

我也会发明

4 莲蓬采摘器

素材提供

昆山市千灯中心小学校
发明学生：沈陶寒
指导教师：陈霞明 金敏

我也会发明

假期，妈妈、爸爸带着权权和姗姗来到了江南水乡，这时正是采莲的最好时节。

"江南可采莲，莲叶何田田""接天莲叶无穷碧，映日荷花别样红"……权权一边吟诗，一边欣赏湖中美景。走近湖边，是一片碧绿的世界：葱绿、嫩绿、翠绿……各种绿植生机勃勃，湖水像翡翠一样，在阳光的照耀下一闪一闪的，欢快地跳进权权的眼睛里。沿着湖边向前走，一股清新的花香扑鼻而来，荷花就像落入凡间的仙子，随风轻舞，淡淡的粉色清新脱俗，眼前的一切犹如一幅素雅的水彩画，让人赏心悦目，陶醉其中。

在一片荷塘中，有小船在荷叶丛中穿梭，船桨轻摆，荷叶摇晃。"妈妈，他们在干什么？"权权指着小船问道。

莲蓬采摘器

"他们在采莲！"妈妈回答。

"采莲？"

"对啊，就是采莲蓬。"

"莲蓬？能吃吗？"权权充满好奇。

"当然能吃啊，你这个小馋猫，就想着吃！莲蓬里的莲子清甜去火，可好吃呢！"妈妈笑道。

"我想要莲蓬！"姗姗妹妹嚷着。

"好吧，那咱们就去划船采莲！"爸爸笑着说道，"看看你们两个能采多少个莲蓬！"

"我能采很多！"权权信心十足。

"哈哈，采莲可不像你想的那么简单哦！"爸爸说道。

"采莲有什么难的？！"权权不服气。

我也会发明

大家上船后,小船摇摇晃晃的,姗姗妹妹害怕极了,她一动也不敢动,生怕船翻了。此时,权权大胆地划着桨,小船开始慢悠悠地向前行。看见权权如此不慌不忙地划着桨,姗姗妹妹也不害怕了,她迫不及待地想靠近荷叶茂密处采莲蓬。小船终于划到了茂密的荷叶丛中,荷叶间挤得似乎没有一点缝隙。新鲜翠绿的荷叶上滚动着颗颗晶莹剔透的水珠,看起来甜甜的,权权真想把它们喝掉。淡粉色的荷花亭亭玉立,有的是含苞待放的花骨朵,有的张开了三两片花瓣,有的已经盛开得婀娜多姿……权权已陶醉在清香袭人的荷叶丛中了。

"看,这就是莲蓬!"爸爸指着躲在荷叶丛中的一个倒圆锥形的东西喊道。

权权兴奋地说道:"我来采!我来采!"

"慢点!小心船翻了!"妈妈拉了一把权权。

莲蓬的形状像个漏斗,里面是圆鼓鼓的莲子,茎秆毛茸茸的,好像轻轻一

莲蓬采摘器

用力就能拔下来。权权伸出手拉住了茎秆,"咦——"权权使劲地拔,小胳膊都开始颤抖了,可茎秆依然牢牢地抓着泥土,不想被拔出来。权权只得再加大力气,他拔呀拔,小船晃得更厉害了,水花也调皮地跳进了小船里。姗姗妹妹吓得眼泪汪汪,大叫道:"权权哥哥,小船快翻啦!"权权连忙松开手,小船才渐渐平稳了下来。

"力气再大点,船就翻啦!采莲真的好难啊!"权权噘起了小嘴。这时,权权看见旁边一只小船上堆着好多莲蓬,一位阿姨在荷叶丛中轻快地采着莲蓬。"阿姨,您怎么摘了那么多莲蓬啊?"权权好奇地问道。

阿姨随口说道:"熟练就好了!"只见阿姨拿着一把大剪刀,从莲蓬下的茎秆中间处"咔嚓"一下剪断,莲蓬就这样"束手就擒"啦!

"啊,怪不得摘了那么多的莲蓬,原来是用剪刀啊!"权权转过头来不满地说,"爸爸,有这么好的办法,怎么不早些告诉我呢?"

爸爸挠挠头说:"嘿嘿,我也是第一次见!"

于是,权权也找了一把大剪刀,看准了比较大的莲蓬,两只手握住大剪刀使劲地一剪,"咔嚓——咚!"莲蓬刚被剪下来,就落入水中。

"哎呀!白费劲了!"权权垂头丧气地说道。

"你应该一只手捏着茎秆,一只手剪莲蓬!"妈妈说道。

于是,权权按照妈妈说的做,只用一只手握着大剪刀的手柄,可是他的力气太小,根本就剪不动。

"我也想采莲蓬!"这时,姗姗妹妹也来了兴致。

"不行,你太小啦,没有力气!"爸爸说道。

"可以让姗姗妹妹帮我托着莲蓬,我来剪,我们俩合作嘛!"权权说道,"这样,我就可以用两只手一起握着剪刀啦!"为了安全,爸爸将身边最近的莲蓬扯过来,让姗姗妹妹捧着,权权来剪,大家忙得不亦乐乎。

太阳高照,阳光耀眼。权权眯着眼睛看了看太阳,"对啊!我可以找一个帽子!"于是,他顺手剪了一片荷叶扣在脑袋上,"怎么样,我的帽子很时尚吧?"权权显摆道。

一会儿,他们周围就没有比较大的莲蓬了。权权往前面一看,有几颗大大的绿色莲蓬挺立在那儿,开心地喊着:"爸爸,前面有大的,我们划过去吧!"

"嗯!那边的莲蓬确实个头挺大,可是那边的荷叶更密集,我们的小船不好划过去啊!"爸爸说道。在权权的强烈要求下,他们的小船寻找着最佳路线,在周边打转转,却始终无法钻进荷叶丛。

权权灰心地说:"哎!只能望莲蓬兴叹了!"

妈妈看着权权垂头丧气的样子,安慰他道:"我们已经采得够多了!先吃莲蓬吧!"

权权剥开莲蓬,又大又圆的莲子蹦了出来,他剥开皮捏起一颗放进嘴里,清脆爽口,鲜嫩甘甜,真是好吃。权权躺在船上,边吃边思考:怎样才能轻松地采到更远处的大莲蓬呢?

我也会发明

转眼间,秋天到了,山上的柿子成熟了,黄澄澄的,很是诱人。周末,爸爸带着权权去山上采摘柿子。爸爸伸手给权权摘了一个大柿子,权权咬了一口,说道:"真甜呀!我要多摘几个!"可是权权的个子矮,不能摘到高处又大又黄的柿子。

权权感叹道:"哎!上一次是望莲蓬兴叹,这次是望柿兴叹了!"这时,权权看到旁边的农民伯伯正在摘柿子,他手中拿着一个权权从没见过的长剪刀。

"伯伯,能让我看看您的剪刀吗?"权权走过去问道。

"当然可以,可是,这个剪刀很重,你可能拿不动哦!"农民伯伯说道。

"我看看就行啦!"权权看到这个长剪刀的剪刀头和手柄很小,可是杆特别长,只要轻轻一握手柄就能轻松地将剪刀头闭合。"爸爸,这个长剪刀真好,"权权兴奋地说道,"我也想买一个!"

莲蓬采摘器 46

"你是不是又要搞小发明了？"爸爸笑着说道。

"是的，有了它，我离发明出莲蓬采摘器就不远啦！"

权权的脑海中浮现出用这把长剪刀剪断远处莲蓬的画面，"可是，莲蓬下的茎秆剪断以后，没有一双'小手'帮忙托着，莲蓬还是会掉进水里……我还得做一双'小手'托着莲蓬才行！"

回到家，权权就开始拿着他刚买的长剪刀研究起来。他开始画图：莲蓬采摘器的一端是手柄，另一端是剪刀头，剪刀头上画了两片圆弧形的透明夹屏和拦网，就像姗姗妹妹的小手一样，它们能托着被剪下的莲蓬，不让它掉进水中。

"这就是莲蓬采摘器！"权权挺直了腰板自豪地说道。

"快给我们解释解释吧！"爸爸欣喜地说道。

一种莲蓬采摘器

权权的想法

这个夹屏和拦网像姗姗妹妹的小手一样，它随着剪刀的收拢可以抱住莲蓬，这样，莲蓬被剪下后就不会掉进水里啦！

这个长长的杆是爸爸带我去摘柿子时，我看到能剪下柿子的长剪刀后受到的启发，如果有这么长杆的剪刀，一定可以采到远一点的莲蓬。

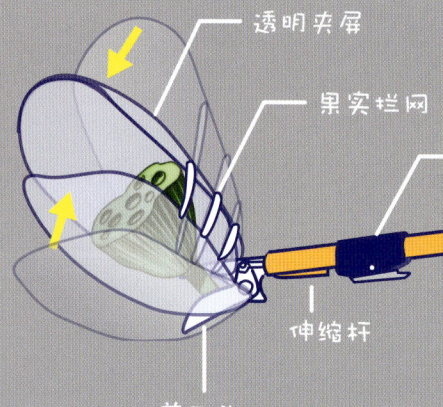

- 透明夹屏
- 果实拦网
- 可伸缩固定器
- 伸缩杆
- 剪刀头
- 剪刀把手

"权权,你太厉害了!爸爸在国家知识产权局的网站上也找了一些与莲蓬采摘器相关的小发明,都没有你的这个小发明简便易行呢!"爸爸开心地说道。

咱们赶紧把这个神器做出来,再去申请一个专利吧!

结束

The end

看完《莲蓬采摘器》,你想到了什么?
(写一写,画一画)

我也会发明

素材提供
苏州工业园区星海实验中学
发明学生：张沈麒
指导教师：陶生大

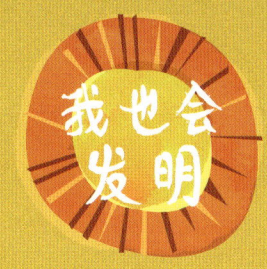

5 美味笼屉

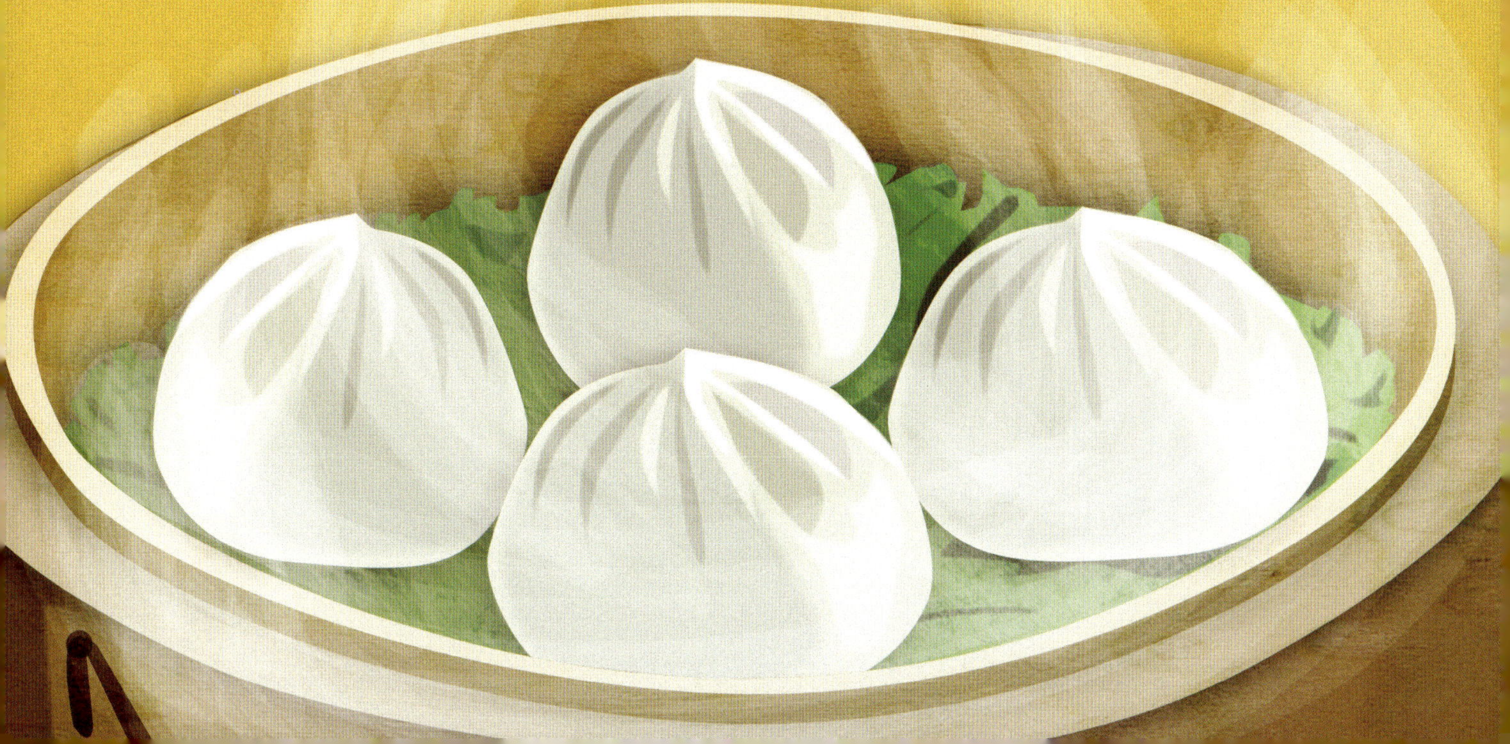

我也会发明

放寒假了。气温持续走低，外面的世界就像一个大冰箱，权权已经一个星期没有出门了，他怕被"大冰箱"冻成"冰块"。大家都躲在温暖的屋子里，期待漫长的寒冬早点结束。

早晨，权权睡眼惺忪地走到窗台前拉开了窗帘，一束刺眼的光照进了他的眼睛，权权被眼前美丽的"仙境"惊呆了：原本光秃秃的小树摇身一变，像是穿上了带着钻石的银白色舞衣，枯枝上开满了"银花"，小树都伸出手臂准备舞蹈呢；再仔细一看，整个花园都披上了一层晶莹剔透的白纱，小灌木丛像一簇簇白色的珊瑚，千姿百态，在阳光下闪着耀眼的光芒，好像要为小树伴舞；路灯上被绣上了绒花，像是戴上了毛茸茸的洁白棉帽，亭子也戴上了绒冠，仿佛它们都要盛装出席这场精彩纷呈的"舞会"。

权权被眼前的景色迷住了，仿佛置身白色的童话世界一般，不禁感叹道："实在太美啦！"

"爸爸，昨天晚上下雪了吗？"权权问道。

"没有，外面树上挂着的可不是雪！"爸爸答道。

"没有下雪？那小树怎么都变白了呢？"

"这叫树挂，也叫雾凇！"

"雾凇？雾凇是什么？"

"雾凇啊，既不是雪，也不是冰，它是空气中的水蒸气在低温的条件下，不断地在树枝上积聚又凝冻，最后就粘在树枝上啦！其实，雾凇就是一种不透明的冰层。终于知道什么叫'玉树琼花'了吧？很形象啊！"爸爸解释道。

我也会发明

"这么神奇！那为什么我们不能经常看见雾凇呢？"权权问道。

"雾凇的形成条件很苛刻，首先，需要外面的气温很低，还不能有风，同时需要空气中有较多的水蒸气才行，这些条件同时具备可难啦！这里面有一个非常重要的物理概念，叫凝华，你到初中就能学到了。"

"凝华？凝华是什么？"权权瞪着好奇的眼睛问道。

"凝华就是物质从气态直接转化为固态的过程，"爸爸见权权一脸迷茫，又进一步解释，"冬天玻璃窗上的霜就是空气中的水蒸气直接凝结于玻璃表面的。"爸爸娓娓道来。

权权听得津津有味，他觉得物理的世界、大自然的世界真是奇妙无穷！

"所以啊，有好多神奇的事物需要你去探索呢！"爸爸笑着说道，"今天

有雾凇，江边的景色应该更美，爸爸带你出去看看吧！"

"好耶！"权权穿得里三层、外三层，跟爸爸去江边欣赏雾凇美景。江边的玉树琼枝，像极了戴着头纱的新娘，温柔多姿，让人不觉得那么寒冷了。

回到家后，香气扑鼻而来，原来是妈妈蒸的热气腾腾的馒头刚出锅。"香喷喷的大馒头新鲜出锅啦！"妈妈一边说着，一边把馒头端了过来。

权权流着口水走到餐桌旁，无意间看见爸爸好像戴了一副白色的眼镜，"爸爸，你的眼镜怎么变白啦？是凝华吗？"

"权权，你学得倒是挺快的，但这不是凝华，这是液化！"爸爸笑着解释道。

"液化又是什么？"

"液化是物质由气态转变为液态的过程。"

我也会发明

"气体一会儿变固态,一会儿变液态,我都晕了!"权权摸着脑袋嘟囔着。

"生活中处处都能学到知识,等你了解的知识越来越多,就慢慢地理解啦!快吃饭吧!"爸爸安慰道。

权权大口大口地吃着馒头,馒头松软香甜,好吃极了,不过,权权感觉好像缺了点什么。

"权权,妈妈蒸的馒头好吃吗?"

"好吃是好吃,只是……"

"只是什么呀?"

"只是里面没有肉馅!"

"嗨!有肉馅不成包子了?!"

"嘿嘿,我确实是想吃肉包子了!"

"好吧,那明天就给你蒸肉包子!"

"太棒啦!妈妈,我也要跟您一起包包子!"

"你会吗?别捣乱!"妈妈瞥了一眼权权。

"虽然不会包包子,可我会包饺子呀!"权权自信满满,"我还发明了包饺子神器呢!"权权心里暗暗地想:包包子应该跟包饺子一样吧,没什么难的。

"包子可比饺子难做多啦!"妈妈好像看穿了权权的心思,提醒他。

"那我更要学了,这样就不许说我是懒虫啦!"

"好吧,难得你这么勤快,妈妈就教你一点手艺!"妈妈笑着说道。

第二天,妈妈准备好香喷喷的肉馅,又和了一块面团,放在小盆子里,找了一个锅盖盖上。

"妈妈,这是在做什么呀?"权权问道。

"这是醒面,让面更加劲道好吃!"

面团醒好后,妈妈把面团搓成长条,再揪成小面剂。

"跟包饺子一样。"权权一边看着妈妈揪面剂,一边自言自语。

我也会发明

"把面剂按成小圆饼。"妈妈吩咐权权。

权权用小手掌把面剂一个个按成扁圆形的小面饼,然后拿着擀面杖轻松地把小面饼擀成中间厚四周薄的小面片。不一会儿的工夫,包子皮就都擀好了,权权窃喜:我很快就能学会包包子啦!

"看好了哦,最难的环节来啦!"只见妈妈一手拿着面皮,一手用勺子把包子馅放在面皮上,然后一个褶一个褶地迅速拧着。面皮在妈妈手中就像一个快速旋转的花骨朵,很快就被拧在了一起,一个饱满的包子几秒钟就包好了。

权权连眼睛都不敢眨,可还是没看清楚妈妈是怎么包成的。

"你妈妈包的包子可是薄皮大馅十八个褶呢!"爸爸在一旁笑着夸道。

权权一边数着包子褶,一边急着想自己试一试。他拿起一个面皮,把包子馅小心翼翼地放在面皮上,开始学着妈妈"拧褶",可包子馅却淘气得很,总是偷偷溜出来,权权只得东拧一下、西拧一下,最后把包子捏成了奇形怪状的一坨东西!

"权权,你就别费劲了,能帮妈妈把面皮擀好已经很不错了。"妈妈笑着说道,"这一时半会儿可是学不会的!"

权权不服气地尝试了几次,都失败了,只得失望地洗洗手走开了。

半个小时后,包子蒸好了。权权闻着香喷喷的包子,顾不得包子烫手,就迫不及待地抓了一个大包子放进碗里:"真是薄皮大馅啊!肉汁都快从面皮里渗出来了。"权权刚想咬一口,谁知一张嘴,口水刺溜一下流在了桌子上,惹得妈妈、爸爸哈哈大笑:"看看我们的小馋猫,还没咬到包子呢,口水先流出来了……"权权害羞地赶快把桌子上的口水抹掉了。

窗外寒风凛凛,屋里热气腾腾、欢声笑语。权权一口气吃了四个大包子,小肚子撑得圆圆的。

我也会发明

第二天晚饭时，妈妈把剩下的包子放在蒸锅的笼屉上，加热了再吃。包子端上桌了，权权先咽下口水，心想：这回，可不能再让它流出来啦！他咬了一口包子，"咦？口感怎么跟昨天不一样了？"权权念叨着，"面没有昨天劲道。"

"当然了，生包子入笼屉蒸制时，包子吸收水蒸气和热量，由生变熟；昨天剩的包子再加热时，包子吸收不了多余的水分，水汽就都浸在面里了，当然没有昨天新蒸出锅的包子劲道了！"妈妈答道。

"这是怎么回事？"权权跑进厨房，打开蒸锅仔细地看，他发现锅盖上全都是水珠，水珠还在往蒸锅里流呢！

"你看看，就是这些水珠，蒸锅加热后产生的水蒸气上升遇到温度较低的锅盖后，凝结成小水珠，水珠会顺着锅盖流到笼屉上，笼屉上的包子就会被这些水珠浸泡，面就不劲道了！"爸爸进一步解释道。

"啊，原来是这样，怪不得吃起来没有昨天的好吃了！"权权拿起了笼屉，上面的水顺着笼屉流进了锅里，笼屉上果然存了不少水呢！

美味笼屉

权权只吃了两个包子就下桌了,心想:我一定要想个办法,发明一个不聚水的笼屉,让包子保持美味!

过了几天,一场雪之后,天气渐渐转暖。妈妈和权权在花园里散步,花园里的积雪渐渐融化,小亭子上融化的雪水顺着亭冠的凹槽一滴一滴流了下来。权权看得入迷,不由得停下了脚步。"看什么呢?"妈妈问道。

"咦,这个亭冠好像……"权权挠着脑袋,突然想到了什么。

"像什么呀?"

"有点像……笼屉!"

"笼屉?你想在这上面蒸包子吗?你这个馋猫,时刻都想着吃!"妈妈笑了起来。

"在这上面蒸包子多好啊!水珠都能流下来啦!这么简单,我怎么一开始没想到呢?"

听到这里,妈妈收起了笑容,她知道权权肯定又有了小发明:"那我们赶紧回家试着画一画吧!"

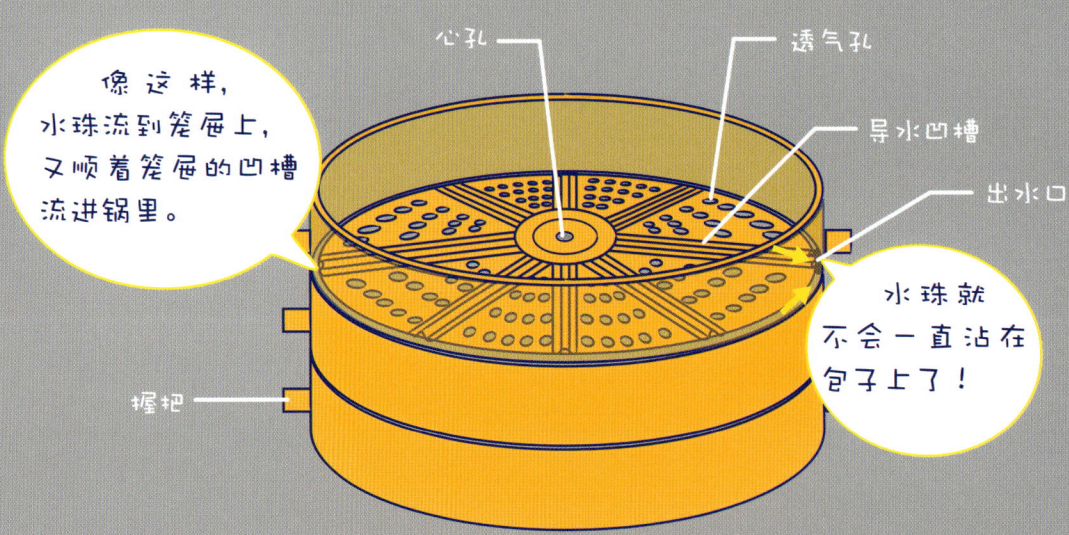

"这个想法太好了,看来我又要蒸一次肉包子,好好检验一下你的笼屉小发明,看看用它蒸出来的包子,口感是不是更劲道。"妈妈开心地说道。

"太棒啦,我又能吃肉包子啦!"权权高兴地蹦了起来。

"爸爸先帮你把这个笼屉小发明做出来,然后咱们做个查新检索,看看是否能申请一个发明专利。"

大家都期待着权权的美味笼屉早点儿问世。

结束

The end

看完《美味笼屉》,你想到了什么?
(写一写,画一画)

我也会发明

6
变形小餐桌

素材提供

昆山市千灯中心小学校
发明学生：吴俊毅
指导教师：陈霞明 金敏

我也会发明

傍晚,窗外寒风阵阵,风拼命地想从窗外钻进屋来暖暖身子,挤得窗缝"呜呜"地鸣叫。屋内热气腾腾,香气扑鼻。饭桌上摆满了各种各样的美食:绿色的青菜闪着亮亮的光,酱红色的猪蹄像一块大玛瑙,黄色的玉米悠闲地在排骨汁里泡澡,白色的米饭似粒粒小珍珠……如此色香味俱全,让人不由得"口水直流三千尺"。

"姗姗,阿姨家的小餐桌开餐啦!"妈妈端上来热乎乎的一碗汤。

"有这么多好吃的!"权权已经直勾勾地盯着饭桌好久了,口水都要流出来了,他转过头去嘟着嘴问道,"妈妈,我自己在家的时候,您怎么不做这么多好吃的呀?"

"那是为了让你减肥!"妈妈指了指权权鼓鼓的小肚子说,"你看看,你的肚子都挺到哪儿了?"

权权摸了摸自己越来越圆的小肚子说道:"还行,不算太大!"

"别总是自我感觉良好啦!你可以多吃点,但是要加强运动,不然你的衣

服该穿不进去了!"妈妈说道。

"姗姗也不瘦啊,她也要减肥的!"权权指着胖乎乎的姗姗说道。

"别耍贫嘴啦,这一顿就让你大饱口福吧!"

姗姗妹妹个子很矮,坐在凳子上吃饭,她肩膀以下全都在桌子下面,要把脖子伸得长长的,胳膊支撑在桌子上,还要时不时地用脚踩在凳子下面的横梁上翘起身,这样吃饭才能更舒服一些。

"姗姗,坐下来,别摔了!我给你夹菜,"妈妈怕姗姗摔倒,不停地帮她夹菜,"想吃什么,告诉阿姨哦……"

姗姗大口大口地吃着菜,嘴里塞得满满的,像一只小仓鼠,她还没咽下嘴里的食物就连忙说道:"阿姨,我还想喝汤。"

我也会发明

"汤有点烫,先晾在这儿,一会儿稍微凉一点再喝吧。"妈妈又为姗姗盛了一碗热气腾腾的汤。

面对这一桌美食,权权的筷子在饭桌上更是"上下翻飞",筷子撞击在盘子上、碗上,发出"丁丁当当"的声音。

"怎么搞得跟饿了好久一样啊?慢点吃,这个吃相太没出息啦!"妈妈批评道。

"哦……"权权正在"奔跑"的筷子不得已放慢了速度。

"这样才对,要细嚼慢咽……"妈妈正说着,只听"哗——"的一声,紧接着姗姗妹妹"哇"地哭了起来。原来,是她不小心把汤碗打翻了,汤"滴答滴答"地从桌子上流到地上。

"哎呀!烫没烫到?"妈妈急得抱着姗姗左看看、右看看。还好,汤已经放凉了,只洒在姗姗的厚裙子上,姗姗没有被烫到。权权连忙跑到厨房拿来抹布擦桌子,一边擦一边说:"妹妹太小了,上桌吃饭很容易打翻汤碗的!要是有个儿童座椅就好了……"

"对呀,我想起来了,咱们家是有儿童座椅的!"妈妈从库房翻箱倒柜地终于找到了权权小时候用的儿童座椅,"有了它就好啦!"妈妈抱着姗姗坐进去。

"咦?怎么回事?"只见姗姗妹妹的屁股紧紧地卡在了儿童座椅上,妈妈想要把她抱出来,可是向上一用力,儿童座椅也跟着离了地,仿佛粘在姗姗的屁股上,姗姗哭得更伤心了。此时,权权使劲向下拉住儿童座椅的腿,说道:"妈妈别着急,我来帮您,这回椅子不会跟着一起动了,现在抱姗姗出来吧。"

权权和妈妈一起把姗姗从儿童座椅上"救"了下来。妈妈怕姗姗打翻饭碗,就喂姗姗吃饭。

权权一边吃饭,一边暗暗地想:像姗姗这样矮个子的小孩子,他们吃饭的时候,坐在餐桌旁会遇到同样的问题,我得想个办法……我可以发明一个升降餐桌!

权权瞬间想到,乒乓球台的四个支柱是可以升降的,小孩子打球的时候,球台降下来;大人打球的时候再升上去,固定好。"这多简单啊!没想到这么快就解决啦!"权权赶紧把这个想法告诉了妈妈。

变形小餐桌

我也会发明

没想到妈妈摇了摇头,说道:"权权,乒乓球台降下来的时候是专门给小孩子用的,球台升起来的时候,小孩子就不能用了,这和餐桌可不一样!"

权权正皱着眉头思索哪里不一样时,妈妈补充道:"你的升降餐桌降下来的时候,桌子变得那么矮,姗姗吃饭是方便了,那妈妈和爸爸呢?"

"哦,对啊!"权权一拍脑袋,"我怎么就没想到这个问题呢?"

"别着急,慢慢想,你一定会想出办法的!"妈妈鼓励道。

权权伏在书桌上反复地画图、修改,不停地思考,这时,他又想到一个好办法:"升降餐桌不行,那……升降椅子呢?"

"妈妈,升降椅子如何?"权权自信地说道,"这样,餐桌不用动,只需姗姗自己的椅子升高就可以解决问题啦!"

妈妈还是摇了摇头,说道:"姗姗坐在咱家现在的椅子上,双腿已经离地悬空了,还要把椅子升得更高,一旦摔下去可麻烦了!"

"哦……"权权的这个想法也被打消了,他垂头丧气地回到书桌旁,看到自己画的图,挠着头自言自语:"哎!桌子不能动,椅子也不能动,这下可难住我了!"

妈妈走过来摸了摸权权的小脑瓜,说道:"先别想了,早点休息吧,明天就是周末啦,妈妈、爸爸带你们去游乐场,说不准一放松,就有好办法了呢!"

"好吧!"一听到明天要去游乐场,刚刚还在垂头丧气的权权瞬间又精神起来。

我也会发明

第二天，权权一家来到了游乐场。虽然已是初冬，但游乐场里仍然人声鼎沸、热闹非凡，孩子们的欢声笑语汇成了一片欢腾的海洋。琳琅满目的卡通玩具、各式各样的卡通头饰、花花绿绿的小动物面具，应有尽有；假山怪石嶙峋，瀑布千姿百态，一阵风吹过，水珠溅在脸上冰冰凉凉的，权权不由得张开嘴，等待甘甜的水珠落入嘴中；动画片里的"白雪公主""小猪佩奇""海绵宝宝"都从童话世界走出来啦，向他们招手呢！

"我要玩儿海盗船！"权权指着不远处越荡越高的海盗船兴奋地说道。

"那个姗姗可玩儿不了哦！她太小了，咱们去玩儿碰碰车吧！"

权权挑了他最喜欢的变形金刚大黄蜂外形的碰碰车，姗姗选了美羊羊外形的碰碰车，和妈妈坐在一起。"丁零零……"随着铃声响起，一轮游戏开始了。

变形小餐桌 72

"来吧,权权!我要开过去撞你啦!"爸爸先行动起来,他来势汹汹,开着碰碰车横冲直撞地向权权冲去。权权丝毫不退却,以极快的速度向爸爸冲来,"嘭——"他们两辆车重重地撞在一起,权权被撞得前仰后合。

"哈哈哈……"权权回头一看,姗姗在他身后开心地拍手呢!她们的车在原地打转转,没有什么行动。

"哈哈,别光在那看热闹,我来啦!"说着,权权一个后退,蓄势待发,准备撞向姗姗和妈妈的车,姗姗吓得闭着眼睛不停尖叫,"哐——""美羊羊"被撞得原地转了一大圈。

"阿姨,撞他!"姗姗要"复仇"啦!爸爸也来帮忙,他们一起把权权的"大黄蜂"挤在了一个角落里……

我也会发明

"看你们满头大汗的,快擦擦,别感冒了!"妈妈一边帮权权和姗姗擦汗一边说道,"旁边有个洗手间,你们快去洗洗手吧!"

权权带着姗姗去洗手,走到洗手池边,"咦,这个设计不错!"权权看着一高一低的洗手池,琢磨起来。

"哥哥,擦手!"姗姗给权权递来了纸巾。权权小声嘟囔着:"对啊,这组水池真好,大人能洗手,小孩也能洗手,如果我们的餐桌能这样就好了!"

回家的路上,权权默不作声,一直在想着"高低洗手池"……

回到家,权权第一时间来到书桌旁,又开始写写画画。"哈哈!就是这样……我的变形小餐桌画好啦!"权权拿着他的草图给妈妈、爸爸炫耀着。

我也会发明

"爸爸,咱们动手把这个变形小餐桌做出来吧!"权权已经迫不及待了。

"我木匠活儿可是非常在行啊!"爸爸从库房里找了几块木板,拿着钉子、锤子、锯,"丁丁当当……"一会儿就把权权画的变形小餐桌做好了。

"权权,你的这个卡槽是正方形的吗?"妈妈问道。

"对啊!"

"正方形的卡槽,里面放着正方形的搁板,搁板容易掉出来呀!""嗯,这确实是个问题。"妈妈、爸爸纷纷说道。

第二天,权权拿着草图到了学校,把他的问题告诉了数学老师,数学老师一眼就看明白了,笑着说道:"权权,小朋友上桌吃饭的问题都被你解决了,这个小问题就不成问题啦!你想一想,我们学过几种物体的形状呢?"

权权想了想说:"正方形、长方形……还有梯形……"

"对了,权权,就是梯形!梯形的上底和下底平行,所以我们可以做成一个倒梯形的卡槽和搁板,这样,搁板就能被卡槽卡住,不容易掉出来啦!"

"老师,您可真棒!"权权崇拜地说道。

"权权,你长大后,一定比老师更棒!"数学老师笑着鼓励道。

结束
The end

看完《变形小餐桌》,你想到了什么?
(写一写,画一画)

7 躲在小土丘后面的密码

素材提供

昆山市千灯中心小学校
发明学生：李泽颖
指导教师：陈霞明 金敏

我也会发明

盛夏刚过,清风温柔地抚过马路两旁的树荫,树叶像无数个小手一样,开心地和人们招手,送来清凉。

妈妈拉着权权的小手,惬意地走在树荫下,悠闲地逛着路边的商铺。

这时,一个背影引起权权的注意,"妈妈,那个阿姨在干什么呢?"权权问道。

妈妈一看,一位个头较矮的中年妇女,全身趴在ATM机上,还时不时地左看看、右看看,"估计是在取款吧!"妈妈回答。

"取款要全身趴在自动取款机上面吗?这也太辛苦了吧!"权权偷笑道。

"那是为了防止别人偷看她输入的密码,保护自己的钱财,怎么小心都不为过呀!"妈妈说道。

权权挠着头,要是有一个能防止别人偷看密码的ATM机就好了。

躲在小土丘后面的密码

回到家后,权权还在思考。"权权,又在想什么呢?"爸爸问道。

"爸爸,今天我和妈妈看到一个阿姨在ATM机上取款,整个身子都趴在ATM机上面,为了不让别人看到她的银行卡密码。"

"现在很多城市的ATM机已经有独立的一体柜了,一次只能进一个人,人们可以在里面安心地取钱,柜门是锁着的,不用担心密码被偷看。"爸爸说道。

"但这种一体柜也不是很普及呀,"妈妈指着窗外说道,"你看看现在马路上,还不都是这种露天的ATM机?"

"是啊,在ATM机上取款输入的密码,怎样才能不被别人偷看到?"权权自言自语。

"好啦,别想了,赶紧睡觉吧,明天你们几个好朋友还要一起去玩儿真人野战游戏呢!"妈妈拍了拍权权的小脑瓜,"说不准玩儿着玩儿着就想出好办法了呢!"

第二天,权权约着大白、铮铮、凯迪、凯亮一起去玩儿真人野战游戏。

"哈哈,被我打到啦!""你等着,我来报仇啦!哈哈哈……"丛林中传来一片欢声笑语,与"哒哒哒""砰砰砰"的激光枪声交织在一起。权权他们几个人像欢快的小鹿一样在丛林里穿梭,一会儿躲在大树后,一会儿跑出来进攻,一会儿又藏在角落里偷袭,玩儿得不亦乐乎。

权权和小伙伴们身穿蓝色和绿色迷彩服,分为"蓝队"和"绿队",权权、大白和铮铮是"蓝队",凯迪和凯亮是"绿队",每人有三条"命"。

"战争"刚一开始,大白就"哒哒哒"地胡乱扫射。铮铮提醒:"大白,不要浪费子弹哦!每个人只有1000发子弹,子弹打完就没有啦!"

"哎呀!真的快没子弹了!"大白赶紧停止了扫射。

"蓝队"兵分三路,绕过了"绿队",准备从后方偷袭"绿队"。

"哒哒哒……"偷袭果然奏效。"哎哟!我被击中了!"凯迪的感应器振动了一下,他不解地嘟囔着,"我明明躲在大树后,怎么还是能被打到啊?他们都是从哪儿来的?"

"后面!后面!"凯亮惊恐地发现,他们的背后有三个人影在晃,"快跑啊!"凯迪和凯亮仓皇逃跑。

权权和铮铮在后面穷追不舍,"砰!"权权又一发子弹击中了凯迪。"糟了,我只剩下一条命了!别跟着我,咱们分头跑!"凯迪喊着。凯亮听了,迅速钻进一个灌木丛,躲开了"蓝队"的追击,凯迪也在不远处找到了一个"避难所"。

权权和铮铮继续搜索着绿队的身影。"权权,大白哪儿去了?"铮铮环视四周,没有找到大白。

"他刚刚还跟我们在一起呢!"权权说道。

"嗨,他不会是躲在哪里休息了吧?"

"谁知道呢!"

此时,凯亮就在不远处的灌木丛里,他听着权权和铮铮的对话,不敢发出一点声音,生怕被发现。谁知这时,凯亮的手突然痒了起来,原来是一只小虫子在他的手上爬,凯亮顾不上那么多了,拼命地甩手,搞得灌木丛"沙沙"作响。

"那是什么?"权权发现了前方灌木丛的动静。

凯迪看到凯亮马上要暴露了,赶紧一个健步蹿了出来。

"看,绿队!"铮铮指着凯迪喊道。

凯迪迅速撤退,凭借矫健的身手,他三步并作两步再一次逃跑了。

凯迪感到蓝队太强了,自己不适合进攻,还是躲一躲比

 躲在小土丘后面的密码

较好。此时，他眼前出现了一个矮矮的小土丘，"易守难攻！这个地方不错，"凯迪小心翼翼地躲在了小土丘的背面，窃喜道，"这回，我该不会被人发现了吧！"

"咦？那个草丛里怎么好像有人？"凯迪突然听到他前面的草丛里发出微弱的"沙沙"声。仔细一看，一个人正躲在草丛里吃饼干呢！"这不是大白吗？"凯迪兴奋不已，他架起枪，瞄准大白，"砰！"大白吃得正香，突然被袭击了，他紧张地左看右看，还没回过神来，又是"砰"的一声。大白赶紧站起来，捂着头就跑，谁知正好跟凯亮撞了个面对面，"大白！你可被我找到啦！"凯亮最后"砰"地击中了大白，大白三条"命"全都丢了，只得退场。

这时，权权和铮铮闻声赶来，可是比赛时间已到，绿队击"毙"了大白，获得了胜利。

权权和铮铮垂头丧气，"明明是我们占上风的！他们一直被我们打得到处跑……"

我也会发明

"大白,你躲在这儿干什么啊?"铮铮问道。

"我……有点饿了,就躲起来吃饼干……"大白小声说道。

"大白,你隐藏得好深啊!要不是我绕到小土丘后面,真是不好找!"凯迪说道。

"那当然了,大白找的躲藏地点都不会差的!不会让我们轻易找到!"凯亮笑着说道。

权权凝视着面前的这个小土丘,陷入了沉思,"躲在小土丘后面是不容易被发现啊……"

回家后,权权摇着妈妈的手说道:"妈妈,快带我去ATM机那里,我要好好研究一下!"

妈妈看着权权满头大汗的样子,说道:"你啊,还是先洗个澡吧!把你这个样子带出去,别人以为我从哪个垃圾堆捡来的小孩呢!"

"啊呀,不洗啦,我要去看看!"权权迫不及待地说道。

妈妈带着权权来到ATM机前,权权看到了数字键明显地安装在ATM机正面面板的"斜坡"上,"这太明显啦!不被发现才怪呢!"权权自言自语,"得藏在背面才行!"

"说什么呢?"妈妈疑惑地看着权权。

"妈妈,我想到解决问题的办法啦!我回家画给你看!"权权拉着妈妈的手就往家跑。

"慢点儿……慢点儿……"妈妈跑得上气不接下气。

V形安全防窥ATM机输入装置

权权的想法

ATM机正面面板的"斜坡"上装有数字键盘，当输入密码时就容易被人看到。

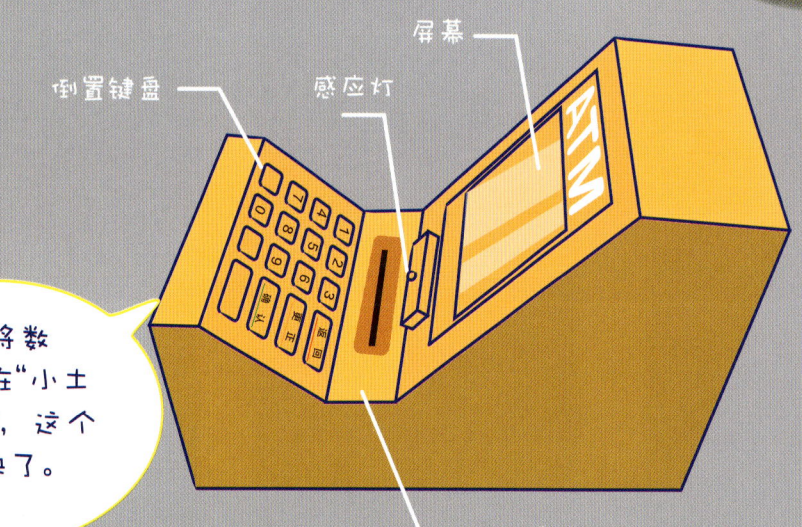

如果将数字键盘藏在"小土丘"的背面，这个问题就解决了。

"什么小土丘？"妈妈疑惑地问。

"这得感谢大白啊！我们在玩儿真人野战游戏的时候，他躲在了小土丘背面的斜坡上，由于视线阻碍，我们根本看不到他！所以我就想到把ATM机正面面板上的数字键盘也藏在像小土丘背面那样的斜坡上，这样就不会担心被别人看到密码啦！"

"我就说嘛，权权说不准玩儿着玩儿着就想到好办法了呢！"妈妈欣喜地说道。

窗外的风吹过，树叶"沙沙"作响，像是在为爱动脑筋的权权鼓掌。

结束
The end

躲在小土丘后面的密码

看完《躲在小土丘后面的密码》,你想到了什么?(写一写,画一画)

8 书桌上的小"猫眼"

素材提供

苏州高新区实验小学校
发明学生：陆琦舟
指导教师：戈心瑜

我也会发明

金色的阳光洒在权权的书桌上,权权正"沙沙沙"地写写算算,"这个问题怎么解呢?"权权思索着,"对了,可以这样……"

"头抬起来,背挺直,注意书写姿势!"权权身后传来妈妈的声音。

"哎呀!妈妈,我都快算出来了!您一说话,我的思路都乱啦!"权权抱怨着。

"你看看你,背弯得跟个小罗锅一样!"妈妈批评道。

"知道啦!您天天都说,我的耳朵都起老茧了!"权权不耐烦地说道。

"天天说也没见你听话呀!脸都要贴在书桌上啦!先吃饭吧!"

权权嘟着小嘴走到餐前桌。爸爸见状问道:"怎么了权权,不高兴了?"

权权小声跟爸爸说:"妈妈天天说个没完……虽然我知道妈妈是为我的眼睛着想,可我心里还是觉得妈妈太唠叨了……"

"我觉得也是……她也总是唠叨我呢……"爸爸小声应道。

"说什么呢?"妈妈双手叉着腰厉声问道。

"呵呵,没什么没什么……"父子俩异口同声地说道。

书桌上的小"猫眼"

上学了,权权走进班级,发现他的后桌凯迪与往常不一样,好像换了个模样,"凯迪,你好像变样啦!"权权上下打量着他说道。

"当然了,我昨天刚刚配了眼镜!"凯迪推了推鼻梁上的眼镜架说道。

铮铮从后面拍着凯迪的肩膀说:"凯迪,你变得好酷啊!"

凯迪瞟了铮铮一眼,说道:"哼!还酷呢!给你戴上试试,你就知道是什么滋味了!"

彤彤笑着说道:"完了,我现在彻底分不清凯迪和凯亮这对双胞胎了,凯亮戴眼镜,凯迪也戴上了眼镜!"

"哼!"凯迪气呼呼地坐到座位上,心想,你们不保护好眼睛,早晚也会和我一样!

我也会发明

上午的课终于结束了,午饭时间到了,食堂里的饭菜香味飘出来,弥漫在校园中。

同学们排着整齐的队伍来到食堂。权权早就饿了,他用"小吃货"的眼神横扫了一遍食堂窗口,"咦?前面屏幕上写的是鸡腿还是鸡排?"权权问道。

"是鸡腿啊!"站在权权身后的凯迪推了推眼镜说道,"你看不清吗?"

"我没有仔细看!这字太小了……"权权辩解道,"哎呀,那是排骨汤吗?"权权一边小声嘟囔着,一边使劲眯着眼睛看,心里不觉一惊:糟了,我不会也要近视了吧!以前离得再远也能看清呀!

走近后,权权点了他最爱吃的鸡腿和排骨汤,开始细嚼慢咽地吃起来。

"凯迪,你怎么跟权权一样,也吃得这么慢啊,你不是说,吃饭要像豹子一样吗?"铮铮问道。

"嗨,这个眼镜,太讨厌啦!"凯迪正喝着热汤呢,他的眼镜片上起了一层白色的雾,"镜片上都是雾,根本看不清菜啊!"

"凯迪像戴着白色的'墨镜',真是太酷啦!"权权笑道,"铮铮,我觉得只有细嚼慢咽才能仔细地品尝饭菜的滋味呢!狼吞虎咽地吃,什么滋味也尝不到啊!"

"是啊是啊!我妈妈说,吃饭太快对胃不好!"大白左右手各拿着一个鸡腿,把嘴塞得满满的。

凯迪不作声,只顾自己埋头吃饭。

"凯迪,请把纸巾递给我一下!"彤彤说道。

凯迪站起来给彤彤递纸巾,这时,大家却哄堂大笑。

原来,凯迪一直低头吃饭,几颗米粒粘在了他的眼镜框上,汤的热气使镜片起了雾,几乎看不见他的眼睛。

"米粒超人,哈哈哈……"

我也会发明

只有权权没笑,心想:要是凯迪不戴眼镜,就不会出现这样的一幕!他想起妈妈平时唠叨他的话,恍然大悟,"我一定要保护好自己的眼睛!不光是自己的眼睛,还要保护好其他同学的眼睛,不能再让这种尴尬的事发生!"他暗下决心。

放学回到家,权权就抱住妈妈说:"妈妈,以后我再也不嫌您唠叨了!凯迪戴眼镜啦……今天吃饭的时候,米粒都粘在他的眼镜上,大家都笑他……"

妈妈问道:"你没有笑吗?"

权权说道:"我没有,因为……我好像也快近视了……我一定要保护好自己的眼睛,还要保护好其他同学的眼睛!"

书桌上的小"猫眼"

妈妈笑着说:"权权,你长大了,能为别人考虑问题了,可是你自己只能保护你自己的眼睛呀!"

"要保护好眼睛就要多运动,不要整天盯着电视、书本看!"爸爸说道,"走吧,爸爸带你出去转转。"

夕阳的余晖就像金色的小精灵,调皮地在河面的波纹上跳来跳去,发出一闪一闪的光芒。爸爸和权权在河边说着笑着,没一会儿的工夫,夕阳就被远山给大口大口地吞掉了,小精灵也藏了起来,没了踪影。

"天黑了,咱们回家吧!"爸爸说道。

"咦?今天的路灯是不是坏了,天都黑了,怎么路灯还不亮啊?"

我也会发明

爸爸打开手机的手电筒，小路瞬间明亮起来，权权开心地拿着手机手电筒晃来晃去。突然，权权发现路边的灌木丛里有两个又圆又亮的"铜铃"。

"爸爸，快看，那里有亮光！"权权一边拿着手机手电筒照着灌木丛里的"铜铃"，一边快速跑进灌木丛想一探究竟。

谁知，权权刚一靠近，这两个亮亮的"铜铃""噌"地蹿了出来，权权吓得一屁股坐在了地上，紧接着是"喵"的一声……

"别怕，就是一只猫！"爸爸安慰道。

"猫？我明明看到了两个小圆灯啊！再说，猫的眼睛……会发光吗？"权权吓得拍着胸口问道。

爸爸神秘地说道："在夜里，特别是在灯光的照射下，猫咪的眼睛会发光！"

"嗯？会发光？猫咪有特异功能吗？"

"猫咪眼睛的瞳孔里有一层薄膜，能把极微弱的光线收集起来再反射出去，像镜子一样，因此，猫咪的眼睛在黑暗中显得特别亮，"爸爸看权权听得入迷，耐心地解释道,"猫咪眼睛的视野很大,又天生一双夜视眼,是名副其实的夜行侠!"

权权羡慕地说:"猫的视力这么好呀,我也想拥有一双猫的眼睛!"

"其实猫的视力还不是最好的,动物界里鹰眼应该是数一数二的,鹰可发现十公里远处的猎物,还可以在几千米的高空准确无误地辨别地上的动物,就连小小的蛇、田鼠也逃不过它的眼睛,厉害吧!"

"实在太牛啦!"权权兴奋地跳了起来,"我也想有一双那样的眼睛!"

"那你就要多听妈妈的话,从现在开始好好保护你的眼睛啦!"爸爸说道。

我也会发明

"我要发明出保护视力的感应器,再也不用妈妈提醒啦!"

"有什么思路吗?说来听听!"爸爸好奇地问道。

"爸爸,我之前不是发明了一个保护视力的'电视医生'吗?"

"对!是通过感应器,当人离电视近的时候就会有提醒。"

"我在想,能不能把这个感应器装在书桌上……"权权若有所思地说着。

一到周末,权权和爸爸就会在书房里研究他们的感应器小发明,一起探讨、实践。经过坚持不懈的努力和尝试,他们的小发明终于制作成功了。

书桌上的小"猫眼"

几周后,太阳能坐姿感应器终于做好了,权权自豪地将这个新发明带到班级给老师看,"老师,这是我发明的小'猫眼',放在书桌上能够提醒同学们保持正确的书写坐姿!"

老师满意地说道:"权权,这个小发明太棒了!咱们班级每个同学的书桌上都应该安装一个,这样就能让同学们更好地保护视力!"

结束
The end

再接再厉，
让发明创造更有意义！

看完《书桌上的小"猫眼"》,你想到了什么?(写一写,画一画)